Ronald Zürrer

ROSENSCHÖNE

Ronald Zürrer

Rosenschöne

Texte der Liebe

Govinda-Verlag

Erste Veröffentlichung – November 2009

Kontaktadressen:

Schweiz	Govinda-Verlag, Postfach, 8053 Zürich
Deutschland	Govinda-Verlag, Postfach, 79798 Jestetten
Internet	govinda.ch

Layout & Umschlaggestaltung: Ronald Zürrer
Umschlagbild & Illustrationen: Urban Trösch, Bern
Gesamtherstellung: CPI Moravia Books GmbH
Printed in Czech Republic

ISBN 978-3-905831-02-3

Denn Sinn erhält das Leben einzig durch die Liebe.
Das heißt: Je mehr wir lieben und uns hinzugeben
fähig sind, desto sinnvoller wird unser Leben.
(Hermann Hesse)

Die Liebe ist
der Endzweck der Weltgeschichte,
das Amen des Universums.
(Novalis)

Inhalt

Liebe

Wenn sie sagen, Liebe erfüllt,
dann schreit in mir die Leere.
Wenn sie sagen, Liebe erleichtert,
dann erdrückt mich die Schwere.
Warum nur umarme ich dich,
die ich nirgendwo suchte und überall fand?

Wenn sie sagen, Liebe macht frei,
dann umschließt mich die Mauer.
Wenn sie sagen, Liebe macht froh,
dann umhüllt mich die Trauer.
Warum nur umarme ich dich,
die ich nirgendwo suchte und überall fand?

Doch dann sagen sie, Liebe sei selten,
und ich freue mich
auf den langen Weg,
der vor mir im Dunkeln
lockt.

Mein Angebot

Dir Zuflucht zu sein, wenn das Heimweh dich quält. Deine Schönheit zu bewundern, wenn du an dir zweifelst. Selbst deine Makel zu lieben, weil sie dich noch schöner machen.

Starke Arme um dich zu legen, wenn du Schutz brauchst. Diese Arme freilassend zu öffnen, wenn du davonfliegen möchtest. Mit dir zu fliegen, wenn die Reise weit ist und beschwerlich, oder einfach, weil es mehr Spaß macht zu zweit. Mit dir zu lachen und rumzualbern und mit dir auf die Welt zu pfeifen.

Poesie in deinen Alltag zu tragen. Sorglos deine Stunden zerrinnen zu lassen zwischen unseren spielenden Fingern. Am Tage die Kühle des Mondes zu spüren und in der Nacht das Feuer der Sonne. Blumen zu pflücken an deinem Wegesrand und dabei neue zu säen. Hindernisse auf deinem Pfad mit einem Lächeln zu entschrecken.

Deine Traurigkeit zu verstehen und zu teilen und zu lindern. Mit dir den Geheimnissen des Lebens nachzuspüren und dabei die Vollkommenheit der Schöpfung immer wieder neu zu entdecken. Im stillen Rosengarten mit dir den Flügelschlag des Glücks zu fühlen. Am Meeresstrand dem Brausen der Ewigkeit zu lauschen mit dir.

Dein Engel zu sein und dein Schützling zu sein. Dein Mitmensch zu sein, dein Fels in der Brandung, dein Stück Heimat in der Fremde.

Aus deinen Augen das Licht des Himmels zu trinken. Mit dem Wind in deinem Haar zu tanzen. Auf den Wellen deines Atems zu gleiten. An deiner Brust Ruhe zu finden und Trost. Dich zu liebkosen und zärtlich zu sein, wenn es dir gefällt, und kraftvoll und wild zu sein, wenn es dir gefällt. Seifenblasen in deinen Bauchnabel zu pusten. Mit dir die Wahrheit von der Täuschung zu unterscheiden und uns gegenseitig zu erinnern, wer wir sind.

Dir ganz natürlich immer der zu sein, den du dir in diesem Augenblick wünschst. Und bei alledem stets mich selbst zu sein und zugleich mich dankbar aufzulösen in meiner Liebe zu dir.

Sehnsucht nach dem Schönen

Du tanzt – ich betrachte dich.
Das Tanzen deines Körpers
bringt meine Gedanken zum Tanzen,
harmonisch, anmutig, zärtlich,
dem Windspiel im Ährenfeld gleich,
auf der Suche nach dem Schönen.

Du tanzt – ich betrachte dich.
Das Tanzen deines Körpers
bringt meine Gefühle zum Tanzen,
kraftvoll, ergreifend, mitreißend,
dem Brausen einer Meereswoge gleich,
auf der Suche nach dem Schönen.

Du tanzt, das Schöne zu preisen,
ich lausche deinem Gesang in Andacht.
Du lächelst, das Schöne zu befreien,
ich lasse mich hineinfallen in Dankbarkeit.

Tanze mit mir, lächle, befreie auch mich,
laß mich treiben im Strom deines Glückes
und laß uns das Schöne herbeisehnen,
hierher, in die Welt der Sehnsucht –
allem zum Trotz.

Du lehrst mich Geduld

Du bezauberst und bewegst mein Herz,
und du verzauberst und veredelst mein Wesen.

Wo ich sonst ungeduldig bin,
lehrst du mich Geduld.
Wo ich sonst zu genießen gewohnt bin,
lehrst du mich zu verzichten.

Wo ich sonst hart und stark bin,
lehrst du mich, weich zu sein
und meine Schwäche zu ertragen.

Wo ich sonst führe,
lehrst du mich zu dienen.
Wo ich sonst zweifle und verzage,
lehrst du mich, mutig zu sein und zu fliegen.

Vielleicht wirst du mich eines Tages
auch das Tanzen lehren.

Voller Schönheit

Voller Schönheit ist die Welt
und voller Wunder,
im Kleinen wie im Großen.
Hundert unerkundete Zaubergärten,
Tausend ungesungene Lieder,
eine Million ungetanzte Schritte
sehnen dem Augenblick entgegen,
von dir entdeckt zu werden
und belebt von deiner Schöpferkraft.

Erschaffen bist du, Kind der Sonne,
um zu leben, um zu tanzen,
in Leichtigkeit und Frohsinn,
auf daß du glücklich seiest
und dankbar
jeden Tag aufs neue.

Beobachte also,
erkunde die Geheimnisse um dich,
im Kleinen wie im Großen,
und entfalte dich!

Siehe, Kind der Sonne:
Alles ist dir gegeben,
Schönheit und Würde,
Kraft und Vermögen,
alles zu begreifen, zu verstehen,
alles zu überwinden.

Tanze also,
spiele dein Spiel,
im Kleinen wie im Großen,
und lüfte die Schleier.

Voller Schönheit ist diese Welt
und voller Wunder,
im Kleinen wie im Großen –
und doch eine Ahndung nur
jener fernen Heimat,
die seit Ewigkeiten schon
deiner Rückkehr entgegensehnt.
Das Heimweh deiner Seele
wird deine Rettung sein.

Halte Ausschau

Halte Ausschau nach jenem Menschen,
dessen gütiger Blick Seiten an dir erkennt,
die dir selbst bislang verborgen waren,
und der dir dich zeigen kann.

Halte Ausschau nach jenem Menschen,
der dich respektvoll annimmt, genauso wie du bist,
der dich aber erwartungslos unterstützt,
wenn du dich verändern willst.

Halte Ausschau nach jenem Menschen,
der dir zuhört, wo andere dich unterbrechen,
der dich umarmt, wo andere dich verstoßen,
und der dich freiläßt, wo andere dich festhalten.

Halte Ausschau nach jenem Menschen,
der dich anlächelt, wenn du traurig bist,
der dir zuzwinkert, wenn du zornig bist,
und der mit dir tanzt, wenn du fröhlich bist.

Halte Ausschau nach jenem Menschen,
der Frieden in seinem Herzen trägt,
Klarheit in seinem Geist
und Zärtlichkeit in seinen Händen.

Halte Ausschau nach jenem Menschen,
der seine Versprechen hält und dich niemals belügt,
selbst dann nicht, wenn die Wahrheit bitter
und die Lüge zuckersüß schmeckt.

Halte Ausschau nach jenem Menschen,
der das Gute in dir zum Wachsen bringt,
der deiner Seele Flügel verleiht
und deinem Körper einen festen Grund.

Halte Ausschau nach jenem Menschen,
der alle Wege mit dir geht
und sie still zu seinen Wegen macht,
ohne daß du es merkst.

Halte Ausschau nach jenem Menschen,
der nichts braucht in dieser Welt
und der sich nichts anderes wünscht
als deine Liebe und deine Aufmerksamkeit.

Und wenn du ihn gefunden hast,
diesen Menschen,
dann öffne ihm ohne Zögern dein Herz
und schenke ihm deine ganze Liebe.

Dich zu lieben

I

Dir zu begegnen
ohne dich zu behindern
Dich zu begleiten
ohne dich zu führen
Dich zu beschützen
ohne dich einzuengen
Dich zu stützen
ohne dich festzuhalten

Dich zu verstehen
ohne dich zu entblößen
Dich zu beraten
ohne dich zu belehren
Dich zu trösten
ohne dich zu vermindern

Dich zu begehren
ohne dich zu besitzen
Dich zu berühren
ohne dich zu verletzen
Dich zu umarmen
ohne dich zu erdrücken
Dich zu küssen
ohne dich zu verschlingen

Dir zu dienen
　　　ohne mich zu verleugnen
Dir wachsen zu helfen
　　　ohne dich zu verlieren
Dich zu lieben
　　　einfach
　　　dich zu lieben.

II

In deine Melodie einzustimmen
　　　mit meiner
Deinen Duft zu bereichern
　　　mit meinem
Durch deine Augen zu sehen
　　　mit meinen

Deine Sehnsüchte zu stillen
　　　durch meine
Deinen Tanz mitzutanzen
　　　in deinem Rhythmus
Dein Ziel zu erfliegen
　　　mit dir gemeinsam

Dich zu lieben
　　　einfach
　　　dich zu lieben.

UnVernunft

Bleib ruhig
unvernünftig
wenn du zu mir kommst.

Von der Vernunft
hab ich selbst
längst genug.

Ich bin für dich da

I

Wenn dir heiß ist,
bringe ich dir Wasser,
bis dein Durst gelöscht ist.

Wenn dir kalt ist,
entzünde ich dir ein Feuer,
bis dein Herz sich wärmt.

Wenn du traurig bist,
bringe ich dich zum Lachen,
bis deine Seele sich öffnet.

Wenn du ängstlich bist,
mache ich dir Mut,
bis deine Zuversicht erwacht.

Wenn du müde bist,
halte ich bei dir Wache,
bis deine Kraft zurückkehrt.

Wenn du dich verirrt hast,
suche ich dir deinen Weg,
bis du ihn wieder klar siehst.

II

Wenn du alleinsein willst,
werde ich unsichtbar.

Wenn du vergessen willst,
erinnere ich mich an nichts.

Wenn du reden willst,
höre ich dir zu.

Wenn du schweigen willst,
streichle ich deine Haut.

Wenn du fröhlich sein willst,
will ich mich mit dir freuen.

Wenn du fortgehen willst,
begleiten dich meine guten Wünsche.

Wenn du wiederkommen willst,
schließe ich dich in meine Arme.

Wenn du lieben willst,
bin ich für dich da.

Und wenn dein Herbst kommt,
wenn dein Winter anbricht,
werde ich da sein für dich,

immer noch –
immer mehr.

Frühlingserwachen

Frühlingserwachen,
Vogelsingen, Blumenlachen,
Farbenzauber, Glitzersonne,
Schönheitsglück, Daseinswonne.
Lebensfreud beseelt auch mich,
im Herzen froh denk ich an dich.

Geworden

Hart bin ich geworden hinter Mauern,
nun machst du mich wieder weich.

Ernst bin ich geworden,
ohne Schwere können wir nun spielen.

Fremd bin ich geworden
und entdecke neu die Welt.

Leer bin ich geworden
für die Fülle des Lebens.

Frühlingszauber

Frühlingszauber, lange erwarteter,
himmelblauer Segen erfüllt alle Herzen.
Lebenslust durchströmt auch meine Adern.
Heute möchte ich mich verschenken.

Zwei Glücksvögel inmitten der Brandung,
schöne Schwestern der Liebe, die sich wiederfanden.
Im Abendlicht erstrahlen ihre Augenblitze
so warm, so zärtlich, so ehrlich.

Wie gerne schaue ich ihrem Spiele zu,
wie ihre unsichtbaren Küsse
fröhlich tanzen in der Luft
und unwissentlich meine Einsamkeit streicheln.

Mit einem Lächeln ziehen sie vorüber
an dem scheuen, feigen Vogel,
der sich fürchtet,
mit ihnen zu fliegen.

Ich habe mich verabredet

Ich habe mich verabredet
zum Glitzerschauen und Wellenlauschen am See.
Diesen langen Sonnenabend wollte ich genießen
in Gemeinschaft mit einem Menschen,
den ich lieben darf.

Herz und Körper wollten wir
uns streicheln lassen
von Wind und Händen.
Zu Hause fühlen wollten wir uns,
frei und ohne Gardinen,
und davonsegeln in die Nacht
ohne Boot.

Manche waren eingeladen
zu meinem süßen Stelldichein
zum Glitzerschauen und Wellenlauschen am See.
Doch gekommen sind einzig
meine unerfüllten Tränen.

Nicht diese Nacht

Laß mich
nicht diese Nacht,
laß mich
nicht schon wieder
eine solche Nacht,
eine solche endloslangelange Nacht
liebkosungslos
alleine sein.

Solange Sonne Sonne ist

Solange
Sonne Sonne ist
und Fluß Fluß
und Schatten Schatten,
solange werde ich ich sein
und
solange werde ich mich
nach dir sehnen.
Solange
und länger.

Verhängnisvolles Sehnen

I

Da du mich nicht nahmst,
kann ich niemandem sonst
mich anbieten.

Da du mich nicht wolltest,
will ich niemandem sonst
mich schenken.

Da du mich nicht siehst,
bleibe ich
unsichtbar.

Da du mich nicht berührst,
bleibe ich
unfaßbar.

II

Ich werde eine andere finden als dich.
Eine, die einen Mund hat wie deiner
und Haare und Brüste und Füße wie deine.
Eine, deren Duft mein Sehnen erweckt
und deren Lächeln mich verzaubert
fast so wie deines.

Ich werde eine andere finden als dich.
Eine, die so stark, so geschmeidig ist wie du
und so edel und so verträumt wie du.
Eine, deren Seele mir verwandt scheint wie deine
und die mein Heimweh erwidert
fast so wie du.

Doch was,
wenn alles an ihr
mich immer an dich
erinnern wird?

Zur rechten Zeit

Ritze deinen Namen zärtlich
in meine ausgebreiteten Äste,
ehe der eisige Sturmwind
sie bricht.

Pflüge meine fruchtbaren Äcker jetzt
und ernte dann ihre Gaben,
ehe der trockene Tränenregen
die Samen hinfortschwemmt.

Taumelnder Vogel

Dünn bin ich geworden,
dünn an Fleisch und dünn an Mut,
weil keiner mir die Türe öffnet
und keine für mich kocht
und keiner meinen Ruf erhört
und keine das Lager mit mir teilt.

Dünn bin ich geworden,
dünn an Freude und dünn an Schlaf,
weil keiner mich bei der Hand nimmt
und keine mich zum Tanze verführt
und keiner meinen Liedern lauscht
und keine meine Lider küßt.

Dünn bin ich geworden,
dünn und aufgedunsen,
weil niemand
meine Tränen befreit.

Wann?

Wann
werde ich
Verliebten
freudig
zusehen können
ohne diese
seufzende
Wehmut
und ohne diesen
dummen
dummen
Neid?

Am geliebten Kamin

Ich habe am Abend ein Feuer entfacht
in meinem geliebten Kamin.
Es ist kalt, mitten im Sommer,
doch dies ist nur der eine Grund.
Ich will allein sein mit dem Feuer.

Ich versinke in den Flammen,
taumle im süßen Rauch,
lasse mich willig erschrecken
vom Knacken des zerberstenden Holzes,
denke an vieles und nichts.

Kälte kann mich nicht erschrecken,
Gedanken auch nicht, sie wärmen,
auch nicht das Alleinsein
oder seine Begleiterin, die Traurigkeit.
Sie sind Teil meines schönen Lebens.

Ich genieße diesen Moment
alleine mit dem Feuer am geliebten Kamin;
mit niemandem möchte ich ihn teilen.
Aber ich werde dir davon erzählen –
und später vielleicht neue Momente teilen
mit dir am geliebten Kamin.

Wer schreibt, wird ruhig

Wer schreibt, wird ruhig.
Wer singt, wird froh.
Wer tanzt, wird leicht.
Wer liebt, wird glücklich.

Ich bin ruhig geworden.
Ich bin froh geworden.
Ich fühle mich noch schwer.
Ich werde glücklich.

Schneetanz

Schnee und Schnee und Schnee und Schnee!
Die Flocken wirbeln um mich sacht,
Bis bald ich nichts mehr andres seh,
Als reine, himmelweiße Pracht.
Dann tanzt mit mir die Winterfee,
Und meine warme Seele lacht.

Vogel junger Liebe

Vogel junger Liebe,
Wie süß ist dein Gesang!
Wie echt, wie froh, wie bang!
Wenn Jugend doch nur bliebe ...

Ein Jahr mit dir

Ich freute mich auf den Frühling,
da ich hoffte, wir würden vielleicht
zusammen Blütenstaub aufsammeln.

Ich freute mich auf den Sommer,
da ich mir vorstellte, wir würden vielleicht
zusammen den Meereswellen lauschen.

Ich freute mich auf den Herbst,
da ich dachte, wir würden vielleicht
zusammen am Kaminfeuer träumen.

Ich freute mich auf den Winter,
da du sagtest, wir würden vielleicht
zusammen im Schnee spazierengehen.

Der Blütenstaub verstob im Winde,
die Wellen behielten ihr Geheimnis,
im Kamin brannten meine Träume, und
der Schnee blieb ohne unsre Spuren.

Doch so viel Freude und Hoffnung
brachtest du in mein Leben
zu jeder Jahreszeit.
Hab Dank dafür.

Den du dir wünschst

Wenn ich sage
ich werde dir der sein
den zu sein
du mich dir wünschst

und wenn ich sage
ich werde jeder dir sein
den du dir wünschst
ich werde alles dir schenken
das du dir wünschst

heißt das dann nicht
daß ich mich verrate
daß ich mich aufgebe
daß ich aufhöre mich zu sein
um deinetwillen?

Doch wie könnte ich
jemand anders sein als der
den zu sein
du mich dir wünschst

wie könnte ich
mich deinem Wunsch ergebend
mich verraten

da doch die Essenz
meines Seins ist
dich zu erfreuen?

Sein ohne dich

Du bist du
auch ohne mich.

Aber wie kann ich ich
sein ohne dich?

Spätersagen

Von mir wird man
später sagen
das war einer der
dich kannte und
dich liebte.

Kompliziert aber glücklich

Wenn du da bist
bin ich glücklich
wie ich sonst nie glücklich bin
wenn du nicht da bist

Wenn du nicht da bist
und ich nicht an dich dächte
könnte es vorkommen
daß ich nicht glücklich wäre

Daß ich nicht glücklich wäre
daß ich nicht an dich dächte
kommt aber nicht vor
nur weil du nicht da bist

Denn wenn du nicht da bist
dann bin ich glücklich
an dich zu denken
wie du nicht da bist

Wie also könnte ich nicht glücklich sein
wenn ich an dich denke
wenn ich an dich denke
wenn ich an dich denke

Ich kann nicht nicht
an dich denken
ich kann nicht nicht
glücklich sein

nur weil du nicht da bist

Tanze, liebe, lebe

Tanze,
als schaute
niemand dir zu.

Liebe,
als wärest du
niemals verletzt worden.

Lebe,
als sei dies schon
die ersehnte Heimat.

Dich zu lieben ist mir wie atmen

Ich wache heute auf im zartesten Gefühl der Lebensfreude und der Dankbarkeit. Nie wurde ich reicher beschenkt als durch dich, nie tiefer berührt. Dein Sein allein erhebt und verzaubert mich und entschleiert meinen Herzensblick auf die Schönheit und Sinnhaftigkeit dieser Welt. Dich zu lieben ist mir wie atmen – so natürlich, so unvermeidbar, so lebensspendend. Meine Liebe wird dich immer begleiten und beschützen. Läßt du sie in dein Herz fließen und sich dort verströmen, so wird sie auch dich verzaubern und erheben und beschenken. Wer lieben darf, ist reich und glücklich. Wer lieben kann, erfüllt den Sinn seines Daseins und dieser Welt.

So nah du willst

Meine Freundin,
ich bin für dich da.
Sofern du es willst
– und so nah.

Die Liebe, von der ich spreche

Die Liebe, von der ich spreche, fließt natürlich und unaufhaltsam durch die Seelen. Einem starken, kristallenen Wasser gleich, nimmt sie stets die Form an, die ihr jedwelche Natur bietet. Du bist nicht aufgefordert, mir zu schenken, was ich mir vielleicht wünsche von dir. Nein, vielmehr wünsche ich mir, von dir genau das annehmen zu dürfen, was du mir schenken möchtest. Zwischen den beiden ist ein großer Unterschied. Schenke mir also, wonach immer dein Herz dir steht, und wisse, du wirst in mir einen dankbaren Empfänger finden.

Sehnsuchtsschmachten

Ich schmachte vor Sehnsucht
nach menschlicher Wärme,
nach Verständnis von Herz zu Herz,
nach beflügelnder Leichtigkeit.

Ich schmachte vor Sehnsucht
nach echter
gegenseitiger
Liebe.

Die Frau, die ich lieben werde

Die Frau,
die ich lieben werde,
ist mir verwandt
und immer
immer
sich selbst.

Die Frau,
die ich lieben werde,
wird mich lieben,
wenn ich
weil ich
mich selbst bin.

Ich kenne die Menschen nicht

Ich mache so viele Fehler im Umgang mit Menschen, nicht aus Absicht oder Böswilligkeit, aber aus Unerfahrenheit. Denn ich kenne die Menschen nicht, habe mich zu lange innerlich und äußerlich vor ihnen versteckt. Ich will sie nicht verletzen, und doch geschieht es. Ich will ihnen nahe sein, und doch befremde ich sie mit meiner Unbeholfenheit, halte sie in der Entfernung oder vertreibe die Mutigen, Wohlgesonnenen unter ihnen. Das tut mir leid, für sie und auch für mich. Ich möchte so gerne nicht alleine sein und bin es doch so oft. Ich möchte so gerne geliebt werden und lasse es doch nicht zu. Ich möchte so gerne lieben und weiß doch nicht wie, weiß nicht, wie Menschen geliebt werden wollen und wie ich ihr Herz berühren kann.

Sommeranfang

Sommeranfang. Ich hatte für dich liebevoll einen Strauß roter Rosen gepflückt. Vor meinen Augen verwandelten sie sich bald in bunte, lebenslustige Ballons. Rosen sind wunderschön, doch sie sind nicht frei. Ballons aber wollen schweben, wollen sich heiter die Schönheit der Welt erfliegen. So öffne ich heute, zum Anfang des Sommers, liebevoll meine Hand, und mit einem frohen Lächeln lasse ich die bunten Ballons behutsam los, auf daß sie zu dir fliegen.

Schönheit und Tiefe

Wo Schönheit und Tiefe sich verbinden,
wo zwei Lichtstrahlen sich begegnen
und sich behutsam berühren,
da entfacht sich ein magisches Feuer,
das jede Angst und jede Traurigkeit auflöst
und Lebensfreude schenkt
und Einsicht in höhere Pläne
und Dankbarkeit für Schönheit und Tiefe.

Gute Tage

Es gibt Tage, da schwebe ich wie auf einer goldenen Wolke meiner Liebe zu dir, bin trunken vor Dankbarkeit, daß es dich gibt irgendwo da draußen, und taumle voller Lebensfreude durch die Gärten meiner Phantasie, in denen wir Kindern gleich gemeinsam lustwandeln und die Schönheit der Welt erkunden. Das sind die guten Tage. Und dann gibt es Tage, da will es mir schier das Herz zerreißen ob der Erkenntnis, daß diese Gärten nur Phantasiegebilde sind, während wir im Stofflichen auf getrennten Wegen durch unser Leben streifen, uns nie berührt, uns nie leidenschaftlich umschlungen haben. Auch das sind gute Tage, schwere, schmerzvolle gute Tage. Sie lassen meine Sehnsucht wachsen, sie schulen meine Geduld, sie verneigen sich liebevoll vor deiner Freiheit und vor dem Schicksal, das nur selbst sich kennt. – Es gibt mannigfaltige Spielarten guter Tage, doch es gibt keine Tage, an denen ich dich nicht liebe.

Kleine Segnung

Über dir sei der Himmel mit seinem Licht,
unter dir die Erde, die dich trägt,
und dazwischen ein Engel, der dich begleitet.

Viel leicht der Frühling

Von allen Jahreszeiten, so will mir scheinen, kommt der Frühling vielleicht dem Wesen des Göttlichen am nächsten. Er ist ein immer wiederkehrendes Geschenk der gütigen Natur an uns, die wir ihre Teile und die wir ihre Kinder und Beschützer zugleich sind. Genießen wir ihn also in jedem Jahr aufs neue in Freude und Dankbarkeit!

Und vielleicht ist Frühling ja nicht bloß eine Jahreszeit, sondern vielmehr ein Gemütszustand – ein Gemütszustand, der aufblüht nicht allein durch das Erwachen von Natur und Sonne im Außen, sondern insbesondere durch jenes im Innen.

Am Strande

Gestrandet auf einem Planeten der Liebe und der Schönheit, dessen dürstende Bewohner längst der Schönheit und Liebe beraubt sind. Gestrandet in einer heimatfernen Befremdung, wo jeder Gesang nur dürftige Wörter ist und jeder Tanz von einstmals nur taumelnde Schritte, wo jedes Gefühl von Heimweh durchdrungen und jede Erkenntnis von Unzulänglichkeit überschattet ist. – Was mache ich hier? Mußte ich hierher in die Fremde ziehen, um dich zu finden?

Und dann, da ich dich gefunden zu haben glaubte, vergaß ich Narr das Zauberwort, spürte ich nicht deine heilende Umarmung, schenkte mir die Gewißheit deiner allgegenwärtigen Nähe doch bloß flüchtigen Trost. Ach! Am Strande nun lausche ich still dem unaufhörlichen Brausen der Wellen, spinne meine Gedankenspiralen weiter und fühle im Grunde meines Herzens doch nichts als diese immerwährende Sehnsucht nach deiner Liebe.

Zaubernetze

Wir sind umgeben von Mysterien, wir schweben traumwandelnd über unsichtbare Zaubernetze, die uns retten und halten inmitten der Dürftigkeiten dieser Zeit und Welt. Wir sind umgeben von Wundern, und was wir in unserem kleinen Verstande heute noch für unmöglich halten, kann morgen schon lebendige, entfaltete Wirklichkeit sein.

Ich sehne mich nach der Liebe aus der Tiefe deines Herzens, und ich kann und will nicht aufgeben zu hoffen, daß sie mich eines Tages finden und erkennen wird. Ich möchte mit dir brennen und mit dir fliegen, und in meinem Innern weiß ich, daß es möglich ist. Ich habe ein Herz, das lieben kann, und ich habe ein Herz, das geliebt werden kann. Ich habe ein Herz, das geduldig sein kann, und ich habe ein Herz, das kämpfen kann. Ich werde auf deine Liebe warten, ich werde um deine Liebe werben, ich werde für deine Liebe kämpfen in der mir eigenen Art.

Ich gehe, wohin mein Herz mich trägt; wie könnte ich irgendwo anders hin wollen? Gehe auch du dorthin, wohin das Deinige dich trägt. Vielleicht werden sie sich eines Tages an einem gemeinsamen Ziele treffen.

Heimatfern

(1)

Heimatfern gefangen
in einem Teufelskreis der Einsamkeit,
unbemerkt und unvermißt.

Voller verpuppter Liebe und
voller pochender Lebenslust und Lebensfreude,
die ihren Weg in die Welt der Menschen nicht finden.

Salzkrusten ungeweinter Tränen
legen sich leise auf mein Herz.
Wer küßt sie mir fort?

(2)

Heimatfern verbunden
in einem lichtzarten Engelkreis der Sehnsucht,
unbemerkt und ungebrochen.

Voller verpuppter Liebe und
voller pochender Lebenslust und Lebensfreude,
die an der Pforte der Menschenwelt um Einlaß bitten.

Durch den Schleier ungeweinter Tränen
öffnet sich zögernd mein Herz.
Küß es, es wird gesunden.

Auf dem Weg zu dir

Zwei Millionen Meter bin ich gereist,
um dich zu sehen.

Ich habe Flüsse überquert und Grenzen überschritten
auf dem Weg zu dir,
ich habe Berge bestiegen und Hindernisse überwunden,
ich bin übers Meer gefahren und durch Blumenfelder,
ich habe Bitteres geschmeckt und Süßes,
um jetzt an deinem Haar zu riechen.

Zwei Millionen Meter bin ich gereist,
um dich zu sehen.

Ich habe Sonne ertragen und Wind und Regen
auf dem Weg zu dir,
ich habe geschwitzt und gefroren,
ich habe unbequem geschlafen
und mich von Mücken stechen lassen,
um jetzt in deine Augen zu blicken.

Zwei Millionen Meter bin ich gereist,
um dich zu sehen.

Ich habe Entbehrungen auf mich genommen
auf dem Weg zu dir,
ich habe der Versuchung widerstanden,
ich war traurig und war freudig,
ich habe gesungen und geweint,
um jetzt dein Lachen zu hören.

Zwei Millionen Meter bin ich gereist,
um dich zu sehen.

Ich habe gewartet und gefastet
auf dem Weg zu dir,
ich habe geredet und geschwiegen,
ich bin den Menschen ausgewichen
und dem Nordstern gefolgt,
um jetzt dir gegenüberzustehen
und dir zu sagen,
daß ich dich liebe.

No Silence

there is no silence
when I stop speaking
there is no stillness
when I stop breathing
there is no darkness
when I close my eyes
but there is sadness in my heart
when I stop dancing.

there is no emptiness
when I stop thinking
there is no peace
when I stop feeling
there is no end
when the curtain falls
but there is loneliness in my soul
when I stop loving.

An diesem besonderen Tag

Laß uns aus der Zukunft,
die wir nicht haben,
heute einen Kern Gegenwart schälen
und seine Süße auskosten
an diesem besonderen Tag.

Alles ist vergänglich
in unserer flüchtigen Welt,
und was wir jetzt versäumen,
wird uns niemals mehr
wiedergegeben werden.

So laß uns zwischen den Wolken
die Sonne erkennen heute,
an diesem besonderen Tag,
und uns laben an seiner gütigen
Einmaligkeit.

Einen Beutel voller Diamanten

Einen Beutel voller Diamanten
trage ich in meinem Innern.
Ich bin unendlich reich.
Und doch bettelte mein Herz,
bettelte nach deiner Liebe.

Auch Könige werden
manchmal zu Bettlern
angesichts deines Reichtums.

Meine Treue zu dir

Meine Treue zu dir ist groß wie das Meer,
doch sie hat mich einsam gemacht.

Andere begehrten mich,
bereit, mir ihr Herz zu schenken
und alles, was sie besaßen,
für die Liebe meines Herzens.

Ich schenkte ihnen meinen Besitz,
ich schenkte ihnen mein Lächeln
oder was davon übriggeblieben ist,
ich schenkte ihnen meinen Körper,
meine Stärke, mein Wissen, meine Geduld.
Doch mein Herz, nach dem sie sich sehnten,
gehörte immer nur dir allein.
Wie könnte ich es zweimal verschenken?

Meine Treue zu dir ist groß wie das Meer,
doch sie hat mich einsam gemacht.

Geschenk

Vielleicht mangelt es
an Talent zur Zweisamkeit
mir

Doch gerne schenke ich
den Platz meiner Einsamkeit
dir

Rosenzauber

Rosen welken,
doch ihre Schönheit ist unvergänglich.

Sehnsucht bleibt ungestillt,
doch ihre Kraft trägt mich im Dunkeln.

Liebe bleibt unerwidert,
doch ihr Zauber hält mich am Leben.

Heute ist ein guter Tag

Heute lasse ich mich willig fallen
in das Bett aus Rosenblättern,
das du mir bereitet hast.

Heute lasse ich mich freudvoll tragen
von den Fluten des Geschehens,
voller Vertrauen und voller Dankbarkeit.

Heute lasse ich mich treiben mit den Wolken,
folge dem Feuer und dem Regenbogen,
tanze mit den Sternen.

Heute öffne ich mich dem Schönen,
werfe meine Regeln und meine Krücken über Bord,
befreie meinen Geist von allen Zweifeln,
nichts wissen wollend
und doch immer wissend,
daß alles gut ist.

Ich tue dir gut,
du tust mir gut,
wir tun uns gut.

Heute ist ein guter Tag für Freude,
heute ist ein guter Tag für Schönheit,
heute ist ein guter Tag für Dankbarkeit,
heute ist ein guter Tag für Angstlosigkeit,
heute ist ein guter Tag für Vertrauen.

Heute ist ein guter Tag.

Wir wissen beide nicht

Wir wissen beide nicht, durch welche Gefilde, durch welche Täler und über welche Höhen, durch welche Gärten und über welche Wiesen, über welche Vulkane und über welche Ozeane unser eigener Lebensweg uns noch führen wird. Wir ahnen wohl sein letztendliches Ziel und hoffen innigst, es dereinst zu erlangen, und wir kennen wohl auch einen Teil der in uns schlummernden Träume und Wünsche, was wir unterwegs erfahren und erleben möchten. Und doch bleibt vieles ein Geheimnis.

So dürfen wir uns auf allerlei Wendungen und wohlmeinende Überraschungen auf unserem Lebensweg freuen. Innerlich und äußerlich frei zu sein, für solche Überraschungen und für neue Erfahrungen offen zu sein, auch angstlos Veränderungen in unserem eigenen Fühlen und Denken und Sprechen und Handeln in ungebundener Lebensneugierde anzunehmen – dies gehört, wie ich meine, zu unserem hiesigen Leben dazu.

Was mich betrifft, so erhalte ich mir diese innere Freiheit und Offenheit, diese Angstlosigkeit und kindliche Neugierde – im tiefen, vertrauensvollen Wissen darum, daß mir im Grunde nichts Übles widerfahren kann, daß ich möglicherweise zwar hin und wieder Irrtümern in die Falle geraten und kleine Fehler und Umwege machen werde, daß ich niemals aber von mir selbst abweichen kann, solange ich der Stimme meines

Herzens folge. Und daß ich niemals tiefer fallen kann als die Arme Gottes, die mich immer auffangen und liebevoll tragen werden.

Ich fürchte mich nicht davor, zuweilen enttäuscht zu werden, Veränderungen hinnehmen, Fehler zugeben und Irrtümer korrigieren zu müssen. Denn ich weiß, daß jede Ent-täuschung, ebenso wie jede wirkliche Freude und Erfüllung, mich der Wahrheit und meinem Lebensziel einen Schritt näher bringt und daß es keinen schmerzhafteren Fehler gibt als den, eine Gelegenheit zu versäumen, glücklich zu sein. Ich möchte nicht aus übertriebener Vorsicht oder aus Trägheit solchen Gelegenheiten, aus dem Kelch des Glücks zu trinken, nachtrauern müssen.

Denn fürchte ich mich auch nicht davor, es schön und leicht zu haben, mich willig in sich darbietendes Glück fallenzulassen, die herrlichen Geschenke des Lebens in Dankbarkeit anzunehmen und zu genießen. Denn wie könnte ich aus Angst, ausgerechnet aus Angst, ein Glück zurückweisen, das sich großzügig auf meinem Lebensweg ausbreitet? Käme dies nicht einer Geringschätzung der Liebe gleich, einem Frevel gegenüber meiner eigenen Lebensführung?

Bitte fürchte auch du dich nicht davor, daß wir es schön und leicht haben werden zusammen, wenn wir ein gemeinsames Wegstück gehen, denn dieses Wegstück wird von Glück gesäumt sein und von Schönheit und Poesie und von alledem, wonach wir uns sehnen und was uns zauberhaft verbindet. Es kann auch dir nichts

Übles widerfahren, schon gar nicht mit mir oder durch mich. Siehe, ich komme mit offenen Armen auf dich zu und biete dir an, dich in ein Glück fallenzulassen, dich beschenken und verwöhnen zu lassen und auch selbst zu schenken und zu verwöhnen.

Ich fürchte mich nicht davor, dich zu lieben, auch wenn ich keine Gewißheit habe, wohin mich diese Liebe tragen wird. Denn eines weiß ich mit tiefer Gewißheit: Diese Liebe ist ein Geschenk des Lebens; diese Liebe läßt mich wachsen und gedeihen; sie ist jetzt im Moment schön und gut und göttlich, und sie wird es auch immer bleiben. Niemals werde ich es bereuen, sie angenommen und gelebt zu haben.

Wenn wir jemanden lieben

Wenn wir jemanden lieben, dann offenbart sich dies auch in der Fähigkeit, uns in die Gefühls- und Gedankenwelt des anderen hineinzuversetzen und eine Situation nicht nur aus unserer eigenen, gewohnten Sichtweise zu betrachten. Nur durch das Wunder der Liebe sind wir imstande, von unserer beherrschenden Selbstzentriertheit Abstand zu nehmen, ohne dabei uns selbst aufzugeben oder zu verlieren. Im Gegenteil, durch diese vermeintliche «Selbstlosigkeit» (die genau gesagt eher eine «Egolosigkeit» ist) finden wir erst zu unserem wahren Selbst, denn dieses innere, göttliche Selbst weiß, daß wir nur dann wahrhaft glücklich sein können, wenn wir lieben und wenn wir uns angstlos verschenken.

Rosenblütenblättrige Tänzerin

Rosenblütenblättrige Tänzerin,
dein Kleid schwebt über Wolken,
alle Sorgen zerstäuben in deinem Atem.

Schlösser werden errichtet und vergehen
in jedem Blick deiner Augen,
mit jeder Bewegung deiner Füße.

Gebannt warte ich in deinem Garten,
lausche dem Flüstern der Zauberbrunnen,
singe schweigend dein Lied,
tanze unerkannt deinen Tanz.

Schönheit, immer wieder Schönheit

Schönheit, immer wieder Schönheit –
fackelnde Kerzen im Nebellicht,
Gesang, der unter der Haut vibriert,
Schmerz des Begehrens, der süß sich wandelt
in Wohlgefühl.

O silberne Vollmondnacht,
die du Sehnsüchte erfüllst,
beschenke mich mit Schönheit,
immer wieder mit Schönheit.

Alles ist mir gegeben

Alles ist mir gegeben:
das Licht des Lebens
und eine grenzenlose Fülle
an Nahrung und Labsal,
an Güte und Schönheit.

Alles ist mir gegeben:
der betörende Duft der Blumen
und der liebliche Gesang der Vögel,
die Wärme der Sonne
und der kühlende Schatten der Bäume.

Alles ist mir gegeben:
die Liebe und die Freude
und eine Schöpferkraft,
mit der ich mir jeden Traum verwirklichen,
jeden Wunsch erfüllen kann.

Alles ist mir großzügig gegeben,
und aus allem lacht und jubelt
der Schöpfer mir zu und
erbittet nur dieses eine, einzige von mir:
Sei glücklich!

Alles ist mir allezeit gegeben.
Ich weiß es immer,
und zuweilen spüre ich es auch deutlich.
Doch warum nur
fällt es mir dennoch oft so sehr schwer,
Seiner Bitte gemäß zu leben,
Seinen einzigen Wunsch an mich
zu erfüllen?

Liebesbeweis

Mein größter Liebesbeweis ist es nicht, dir jeden Wunsch zu erfüllen und alles für dich zu tun, nur damit du nicht von mir weggehest. Der größte Liebesbeweis ist es, dich gehen zu lassen, wenn du weggehen willst. Wenn ich mich deiner Vorstellung von wahrer Liebe als würdig erweise, wirst du von dir aus wieder auf mich zukommen und mich ergründen wollen. Andernfalls werde ich dir verborgen bleiben, um deinen Traum von Liebe nicht zu stören.

Glücksvogel

Heute nacht lasse ich aus der Ferne
einen Glücksvogel zu dir fliegen,
der dir das Lied singt:

Schöne Seele, wo immer du weilst,
erinnere dich:
Du bist niemals alleine.

Schöne Seele, was immer du erlebst,
erinnere dich:
Du wirst geliebt.

Schöne Seele, zweifle niemals an dir,
denn erinnere dich:
Du hast einst einen Menschen
glücklich gemacht.

Seelenverwandtschaft

In verschiedenen Welten zu leben
wählten wir hienieden im Reich der Schatten,
doch entstammen wir derselben fernen Heimat,
fließt dasselbe Blut in unseren Adern,
durchströmt derselbe Odem unsere Seelen.

Dort, wo die Himbeeren süß sind,
dort, wo die Sehnsucht am innigsten pocht,
berühren sich unsere Welten –
in unserem unbedingten Verlangen nach Erfüllung,
nach Schönheit und grenzenloser Liebe.

Richten wir unsere Aufmerksamkeit auf das Äußere,
sind wir verwandte Heimatsucher in der Fremde.
Richten wir sie aber auf das Wesentliche,
sind wir Mann und Frau,
ewig verwandt und verbunden als liebende Seelen.

Mein Heimweh ist unerschütterlich,
Rosenschöne,
und ich werde auf dich warten.

Vaikuntha, oder: Das wunderschöne Leben ohne Angst

(aus einem Briefwechsel)

Lieber R.,

Es schneit. Luftig und leicht schweben die kleinen Schneesterne vor meinem Fenster hernieder auf den Rasen. Ich wünschte, ich wäre so leicht und unbeschwert wie diese Flocken. Ich wünschte, ich könnte immerzu in kindlichem Vertrauen und ungetrübter Freude leben. Doch nur allzu oft legt sich einen Schatten der Angst auf meine Seele und trübt meine Freude.

Doch Angst hilft nicht weiter. Angst lähmt und verengt den Horizont. Sie macht, daß ich die durch die Wolken brechende Sonne nicht sehe, die frische Luft nicht rieche, meinen starken und gesunden Körper nicht fühle. Sie macht mich klein und verschlossen, traurig und des Lebens überdrüssig. Eine der größten Herausforderungen in diesem Leben, wenn nicht die größte, ist es für mich, angstfrei zu leben. Ich habe alles, um glücklich zu sein, und dennoch ist das Glück selten ungetrübt, und nie weiß ich, wann wieder ein Schleier der Angst vorüberzieht.

Ein Leben ohne Angst! Was für ein wunderschönes Leben das sein muß! Ich kenne niemanden, der angstfrei leben kann. Deshalb frage ich mich manchmal, ob die Angst für irgend etwas gut ist. Bis jetzt lautet meine Antwort: Nein! Stell dir vor, niemand wäre von Angst geplagt auf diesem Planeten! Wäre die Welt dann ein Paradies? Niemand hätte Angst, nicht geliebt, geschätzt, verstanden, geachtet und gesehen zu werden. Die Handlungen der Menschen würden anders sein. …

Ich wünsche dir einen leichten, freudvollen und angstfreien Tag!

Liebe Grüße, N.

Liebe N.,
Hab herzlichen Dank für deinen schönen, poetischen Brief, der wie immer mein Herz berührt und gewärmt hat. Ach, wie gut kann ich dich verstehen in deiner Sehnsucht nach einem vollständig angstfreien Leben und in deinem anklagenden Zweifel, wozu um Himmels willen denn diese beständige Angst gut sein soll in dieser Welt! Und wie sehr teile ich diese Sehnsucht und dieses Unbehagen mit dir!

Und doch habe ich für mich eine Antwort und Versöhnung gefunden und habe zu verstehen gelernt, welchem verborgenen Sinn diese Angst dient. Denn alles Existierende hat eine Berechtigung, hat einen Sinn und ein Ziel, selbst diese mühselige und scheinbar vollständig überflüssige Angst; und der Sinn und das Ziel von allem ist im Grunde immer derselbe: Auch die Angst kann, wenn du erkannt und verinnerlicht hast, wie sie zu besänftigen und zu zähmen und wie mit ihr schöpferisch umzugehen ist, dir eine Hilfe sein, deine Liebe mehr und mehr zu entfalten und deine Sehnsucht nach deinem Zuhause inniger zu spüren.

Letztlich geht es, das ahnst, ja das weißt du längst, bei allem in allen unseren Leben stets nur darum, zu lieben. «Die Liebe ist der Endzweck der Weltgeschichte, das Amen des Universums», sagt Novalis und trifft damit genau den Kern der Schöpfungsabsicht. Auch die Angst also, welche vordergründig betrachtet und nur als bloße Angst wahrgenommen und durchlitten, der Liebe direkt entgegengesetzt ist und unsere Liebesfähigkeit augenscheinlich trübt und behindert, auch diese Energie kann transformiert, kann veredelt, kann in den Dienst der Liebe gebracht werden.

Die Angst nämlich ist nur ein Schatten, nur ein Irrlicht, ein freches Hindernis nur, das sich trotzig dem alldurchdringenden Licht in den Weg stellt und vorgibt, wirklich zu sein und Macht über uns zu haben. Ihre Aufgabe dabei ist es, uns zu erwecken, auf daß wir nicht mehr den Schatten, nicht mehr das Irrlicht, sondern das wahre Licht als wirklich anerkennen und anstreben. Angst ich durchschaubar, Angst ist überwindbar, Angst ist heilbar.

Sei also bitte nicht bekümmert darüber, wenn du in deinem wunderschönen göttlichen Wesen gelegentlich auch Spuren dieser Angstenergie antriffst, wenn du festzustellen gezwungen bist, daß ihr Schatten sich auf deine Seele zu legen und deine Freude zu trüben versucht. Erkenne sie als das, was sie ist, und erkenne dich selbst als von ihr vollständig unabhängig. Erhalte dir auf diese Weise dein, wie du es nennst, «kindliches Vertrauen» und deine Sehnsucht nach ungetrübter Lebensfreude.

Dein Vertrauen in die Schöpfung ist sehr wohl gerechtfertigt und tief begründet, und deine Lebensfreude ist ein Geschenk des Himmels, das nur deine eigenen Zweifel dir streitig machen können.

Da Angst, wie du schreibst, dich lähmt und dir den Horizont verengt, durchschaue sie also – schaue durch sie hindurch ins allgegenwärtige Licht, in die Weite, in die Freiheit, die dich immerzu umgibt und erwartet. Da Angst, wie du schreibst, dich klein und verschlossen und lebensüberdrüssig macht, heile sie also – sei innerlich ganz und groß und laß es nicht zu, daß Verengung und Unfreude sich in dein Gemüt drängen. Sage laut und deutlich nein zu der Angst, und du wirst sehen, daß sie vor deiner Entschlossenheit weichen muß. Verstecke dich nicht vor ihr, gib ihr aber auch nicht mehr Kraft und Aufmerksamkeit, als erforderlich ist, um sie zu überwinden.

Das wunderschöne Leben ohne Angst existiert bereits lebendig in deiner Sehnsucht, und dies allein kann dir als Beweis dafür genügen, daß es möglich und wirklich ist. Jenseits der Oberfläche dieser dürftigen Welt, jenseits der Schleier und Schatten und Irrlichter wartet die Welt ohne Angst auf dich, erwartet sie dich geduldig und freut sich seit Urzeiten auf deine Heimkehr. Doch auch hier auf Erden ist sie uns bereits gegenwärtig und spürbar – das ist das Geschenk, das uns hienieden aller Widrigkeiten zum Trotz dargeboten ist.

Weißt du, mit welchem Sanskritbegriff die alte indische Philosophie am häufigsten unsere ferne und doch so nahe Heimat jenseits dieser Schattenwelt bezeichnet? Sie verwendet dafür ein Wort, in welchem bereits alles enthalten ist, was du in deinem Brief beschreibst und was du als die größte Herausforderung in deinem Leben benennst. In einem einzigen Begriff wird zum Ausdruck gebracht, worin der bedeutendste und grundlegendste Unterschied zwischen der engen Welt der Schleier und Schatten auf der einen und der unendlichen Welt des Lichts, der Freiheit und der ungetrübten Freude und Liebe auf der anderen Seite besteht.

Der Sanskritbegriff für das Reich Gottes, für jene Heimat, nach der wir uns seit Ewigkeiten sehnen, lautet «*Vaikuntha*», wörtlich «Welt ohne Angst» («*kuntha*» heißt «Angst»; «*vai*» heißt «ohne»). Angst also ist gemäß dieser Ansicht das entscheidende Kriterium, Angst ist der Prüfstein und ist die Trennlinie, an der sich die betrübliche Ferne von Gott und die liebende Vereinigung mit Gott scheiden. Angst also ist es, woran wir den Unterschied zwischen den beiden Welten spüren und erkennen können. Gelingt es uns, die Angst hier zu durchschauen und loszulassen, sind wir der Heimat bereits ein großes Stück näher gekommen, spüren wir schon den Wind, der uns nach Hause wehen wird, riechen wir schon den bezaubernden Duft jener paradiesischen Gärten, hören wir schon den Klang jener heimatlichen Sphären, in denen jeder Schritt ein Tanz und jedes Wort ein Gesang ist.

Du hast recht: Die Handlungen der Menschen wären ganz anders, wenn sie den Schatten der Angst keinen

Platz in ihrem Bewußtsein mehr einräumten. Sie fürchteten sich nicht mehr davor, nicht gesehen oder erkannt, nicht geschätzt, verstanden oder geachtet zu werden. Dieses angstfreie Gefühl ist wunderschön, und ich wünsche dir und allen Menschen, daß wir ihm Einlaß gewähren mögen in unser aller Leben.

Mit liebem Gruß, R.

Verliebtsein und lieben

Verliebtsein ist
das berauschende Gefühl,
als verlörest du
den Boden unter deinen Füßen.

Lieben aber ist
zu erkennen und zu spüren,
daß es unter dir einen Boden gibt,
der dich trägt.

Lustschmetterling

Manchmal pocht so viel Lust in meinem Körper,
daß er beinahe zu zerbersten droht.
Soll sie denn einzig der Bestimmung dienen,
achtlos ignoriert zu werden, gewaltsam unterdrückt
oder bloß, bloß überwunden,
wie man es mich lehrte?

Ist nicht auch Lust eine Schöpfung,
hat nicht auch sie Existenzzweck und Sinn,
will nicht auch sie erkannt, will gelebt werden?
Schreiende Gefangene in meinem Körper du,
bist du Feindin oder Gönnerin mir?
Was, was willst du mich lehren?

Wie lange kann ein brodelnder Vulkan
von Menschenhand stillgelegt werden?
Wie lange kann ein Rausch
gehemmt und ernüchtert werden?
Und was, was geschähe,
wenn er doch endlich ausbräche?

Was geschieht mit einem Lied,
das niemals gesungen wird?

Du mein Schmetterling mit gelähmten Flügeln,
verklebt vom Salz ungeweinter Tränen,
wie kann, wie soll ich fliegen,
wenn du nicht fliegst?

Manchmal pocht viel Lust in meinem Körper.
Manchmal
auch nicht.

Eine halbe Stunde nach Mitternacht

Eine halbe Stunde nach Tageswechsel,
in einer dunkellangen
und wohl auch kalten Winternacht,
wurde ich geboren.

So bleibe ich in jedem Jahr
wach und warte diese halbe Stunde
nach Mitternacht, um jenes Vorfalls
minutengetreu zu gedenken.

Auch in diesem Jahr.

Achtzehn Kerzen weinen Lichttränen
in den wohlgewärmten Raum.
Alles Gute und herzlichen Glückwunsch,
proste ich mir zu.

Denn auch in diesem Jahr
bleibt das Glas unberührt leer,
das ich für dich bereitgestellt habe
auch in diesem Jahr.

Abendstimmung

Mein Herz schlägt aus Sehnsucht nur,
allein aus Heimweh pocht es in meiner Brust.
Das Schöne und Reine,
wonach mich so sehr dürstet,
wo kann ich es finden in dieser
wunderlichen Welt?

Im ruhigen Flackerschein der Kerze neben mir,
im süßen Duft der Frühlingsblüten,
im fernen Klang der Stille
ahne ich es.

Und doch bleibt es mir unfaßbar,
verbirgt es sich unerreichbar für mich
in den Weiten meiner Zuversicht.

Allein aus Sehnsucht pocht weiter mein Herz –
und aus Liebe zu dir.

Fallenlassen

Manchmal
in der Stille einer einsamen Nacht
wünsche ich mir
nicht Gottes Arme
die mich liebevoll auffangen
wann immer ich falle
noch die meines geduldigen Engels.

Manchmal
in der Gefahr einer einsamen Nacht
wünsche ich mir
bevor ich erneut zerschelle
einfach nur
deine sanften schönen
Frauenarme.

Manchmal
in der Gruft einer einsamen Nacht
wünsche ich mir
mich fallenzulassen
und wiedergeboren zu werden
und bewahrt zu werden
vor meiner Einsamkeit.

Das ewig Weibliche

Oft schon geboren
oft schon gestorben
aus deinem Schoß
in deinem Schoß

Laß deinen Atem heute
werden zu meinem
laß deine Weichheit heute
werden zur Ruhestätte
meiner Härte

Laß einmal noch
mich unwissend kosten
den süßen Irrtum
dieser Welt.

Wunschvorstellung

Dein entblößter junger Körper
in einem Bett aus weichem Farn
im warmen Schatten einer Birke
im leisen Untergang der Sonne

Deine gütige Bereitschaft
das Tor mir öffnend
zur Erfüllung
meines dummen Sehnens

Deine Lust
auf meine Lust
dein lila Licht
willig mir zuflüsternd:

Komm
heute rette
ich
dich.

Im Garten meiner Gefühle

Im Garten meiner Gefühle wachsen zarte Blüten. Schön sind sie und wohlduftend, ungebunden und stark. Auf dem sicheren Boden des Vertrauens stehend, werden sie getragen von einer Kraft, die nicht die meine ist. Von oben bescheint sie gütig das Licht der Sonne, nährt sie, läßt sie wachsen und gedeihen. In diesem Garten gibt es kein Mißtrauen, keine Zweifel.

Doch wenn der rauhe Wind des Denkens durch den Garten streicht und versucht, seine Ordnung zu schaffen, trägt er gierig den Duft der Blüten mit sich. Schön sind sie noch immer, geordnet nun und klar. Ich sehe sie deutlich. Aber ich vermag nicht mehr ihren lieblichen Duft zu kosten. Und manchmal beginne ich im Wind daran zu zweifeln, ob sie wirklich duften.

Wenn du mich nach meinen Blüten fragst und ich über sie zu sprechen wage, verdunkelt der Nebel des Ego meinen Garten. Im Finstern tastend, versuche ich unbeholfen die Blüten zu beschreiben, um die ich weiß und die ich spüre. Aber ich vergesse ihre Schönheit zu erwähnen, vergesse ihren Duft zu besingen. Ich pflücke für dich nur die leeren Zweige.

Frage nicht nach den Düften meines Gartens. Bitte mich nicht, meine Blüten zu benennen. Aber wenn du willst, lade ich dich ein, sie mit mir zu betrachten und zu erriechen – und sie mit dem Duft *deiner* Blüten zu veredeln.

Aphorismen

«Lieben» ist ein Verb, das keine Vergangenheitsform kennen dürfte. «Ich habe dich geliebt», existiert im Grunde nicht. Wer einmal wirklich liebt, hört niemals auf zu lieben, denn wahre Liebe ist endlos. Sonst war es nur die Vorstufe der Liebe.

Die Liebe hat keinen Plural. Das ist ihr Schicksal – oder ihre Tugend.

Die Liebe liebt es, geliebt zu werden.

Liebe ist … sich gegenseitig zu helfen, die Sehnsucht und das Heimweh lebendig und fruchtbar zu halten.

Es braucht viel Mut, einen Menschen in seiner befleckten Schönheit zu erkennen und ihn dennoch zu lieben.

Um einen Menschen zu lieben, müssen wir auch seine Schwächen und Mängel akzeptieren. Ja, erst wenn wir am anderen das schätzen lernen, das uns am meisten stört, lieben wir ihn wirklich.

Wir können entscheiden zu lieben. Aber es ist nicht unser Entscheid, ob dieses Lieben erwidert wird. Wir können nicht entscheiden, geliebt zu werden.

Die Liebe, die wir zurückhalten, ist unser Schmerz.

Manche Frauen inspirieren ihre Männer zu großen Taten, andere unterstützen sie in ihnen. Selten kommt es vor, daß dieselbe Frau beides tut.

Ob zwei Menschen zusammenkommen, ist Schicksal. Ob sie zusammenbleiben, ihr freier Wille.

Die stärkste Kraft auf dieser Welt entfaltet sich, wenn zwei Menschen bewußt einen Lichtkreis der Liebe bilden – und bewahren.

Was wirklich zählt

Was wirklich zählt,
wenn alles gesagt ist und getan,
wenn alles erlebt ist und durchstanden,
wenn alle Wege sich gekreuzt haben
und alle Erfahrungsblumen gepflückt sind,
was wirklich zählt,
ist die Liebe.

Was wirklich zählt,
dann, wenn du leise dein Bündel packst
und weiterwanderst auf dem langen Wege,
erschöpft und erwartungsvoll zugleich,
wenn du nichts mitnehmen wirst außer diesem,
was wirklich zählt,
ist die Liebe.

Was wirklich zählt,
ist nicht der Plunder, den du angehäuft hast
und der deinen Rucksack schwer macht,
ist nicht, wieviel du gesammelt oder geleistet hast,
wie oft du gelobt oder belächelt wurdest,
was wirklich zählt,
ist die Liebe.

Was wirklich zählt,
ist die Liebe,
sie war am Anfang
sie ist jetzt
sie wird immer sein.

Was wirklich zählt,
ist die Liebe,
die Liebe allein.

Jede Liebe

Jedes Leben ein Schritt bloß
auf dem langen Weg zu dir.

Jeder Weg eine Hoffnung bloß
auf die Erfüllung deines Wunsches.

Jeder Wunsch ein Sehnen bloß
nach deiner Liebe.

Jede Liebe ein Abbild bloß
von dir und mir.

Der Autor

Ronald Zürrer, geboren am 30. Dezember 1961 in Zürich (Schweiz); Grundschule und lateinisches Gymnasium in Zürich. Bereits mit 18 Jahren verfaßte er als Abiturarbeit das Buch «Sonnenliebe – Ein Traum Hermann Hesses». Danach studierte er einige Semester Germanistik und Philosophie an der Universität Zürich, lebte für mehrere Jahre als Mönch in einem hinduistischen Kloster und gründete im Jahre 1989 den Govinda-Verlag, den er bis heute leitet.

Seitdem etliche Publikationen über philosophische und grenzwissenschaftliche Themen sowie ausgedehnte Lehrtätigkeit als freier Dozent u.a. an Volkshochschulen, bei privaten Bildungsstätten und in Firmen. Seine innigste Leidenschaft jedoch gehört weder dem Sachbuch noch der Lehrtätigkeit, sondern der Poesie. Der vorliegende Band umfaßt einige seiner schönsten Texte rund um das Thema Liebe. Parallel dazu erschien in gleicher Aufmachung der Band «Sehnsuche – Poetische Texte».

Ronald Zürrer lebt heute zusammen mit seinem Sohn Narada (geb. 1997) in Zürich.

Poetische Texte 1981 – 2009.

Ronald Zürrer

SEHNSUCHE
Poetische Texte

ISBN 978-3-905831-01-6
220 Seiten, gebunden,
Schutzumschlag, Leseband
€ 16,50 / Fr. 29.90

«Wahres Glück ist nicht, daß wir bekommen, wonach wir uns sehnen. Wahres Glück ist, daß wir überhaupt Sehnsucht verspüren.»

Ronald Zürrer, Dichter der Sehnsucht nach dem Schönen, Wahren und Guten in einer dürftigen Zeit und Welt, legt in diesem edlen Bändchen eine Auswahl seiner schönsten poetischen Texte aus den vergangenen drei Jahrzehnten vor.

Ob Gedicht oder Prosatext oder Aphorismus – hier schwingen geduldiges Einverstandensein und kraftvolle Rebellion harmonisch nebeneinander, hier leuchten Zuversicht und Einsicht in das innerste der Welt, hier atmen Sehnsucht und das Heimweh nach einer fernen Heimat, die nicht nur irgendwo jenseits des Universums existiert, sondern auch lebendig in jeder individuellen Seele schlummert.

Bewegende und ermutigende Texte, wie sie die heutige Zeit braucht.

EMPFEHLENSWERTE BÜCHER

Ausgewählte Texte der Liebe.

Ronald Zürrer

ROSENSCHÖNE
Texte der Liebe

ISBN 978-3-905831-02-3
106 Seiten, gebunden,
Schutzumschlag, Leseband
€ 14,00 / Fr. 25.00

«Was wirklich zählt, wenn alles gesagt ist und getan, wenn alles erlebt ist und durchstanden, wenn alle Wege sich gekreuzt haben und alle Erfahrungsblumen gepflückt sind – was wirklich zählt, ist die Liebe.»

In seinen romantischen Gedichten, Prosatexten und Aphorismen offenbart Ronald Zürrer einen Kranz zartester Blüten aus dem reichen Garten seiner Gefühle. Für ihn umfaßt Liebe nicht nur das leichte, schmetterlinghafte Schweben des Verliebtseins, sie kann und soll uns darüber hinaus auch das Herz für ein inniges, ehrliches Verbundensein öffnen, das uns den Blick auf die Schönheit und Sinnhaftigkeit dieser Welt entschleiert. Hier gehen melancholische Einsamkeit und gemeinsam gefeierte Lebensbejahung Hand in Hand, tränenvolle Traurigkeit und jubelnde Freude wechseln sich wie Jahreszeiten ab und ergänzen sich zu einer Einheit.

Die «Rosenschöne» ist für den Dichter das Sinnbild der ewig Geliebten und Ersehnten, die dem Herzen stets so nah ist und doch in wunderlicher Weise immer unerreichbar bleibt.

EMPFEHLENSWERTE BÜCHER

100 Lyrische Texte von
jungen Autorinnen und Autoren.

Ronald Zürrer (Hrsg.)

DEM SCHÖNEN ZULIEBE
Oder: Aller Dürftigkeit zum Trotz

ISBN 978-3-906347-99-8
156 Seiten, gebunden,
Schutzumschlag, Leseband
€ 14,00 / Fr. 25.00

Diese Anthologie enthält 100 Texte von 84 jungen Autorinnen und Autoren im Alter zwischen acht und 28 Jahren, die trotz aller Herausforderungen unserer Zeit am Positiven und Bejahenden festzuhalten gewillt sind und die ihr Schreiben und Schaffen in den Dienst des Schönen und Guten stellen.

So individuell jeder einzelne dieser Autoren auch ist und so unterschiedlich ihre lyrischen Gedichte und Prosatexte auch sein mögen – ihnen allen ist eines gemein: Sie haben den Drang und den Mut zu schreiben. Sie schreiben über ihre Gefühle und Gedanken, über ihre Erlebnisse, Erfahrungen und Einsichten, über ihre Phantasien, Hoffnungen und Sehnsüchte, und sie alle schreiben dem Schönen, der Poesie zuliebe, aller Dürftigkeit zum Trotz.

Die Lektüre dieses Buches vermittelt dem Leser Zuversicht und Lebensfreude, Labsal und Erquickung – und schenkt ihm zauberhafte lyrische Momente.